THE
DISOBEDIENT
STONE

不 安 分 的 石 頭

圖 / 文

一

安哲 Ahn Zhe

[h_1

GAGABE
_ FOREST

嘎 嘎 比 森 林

森林裡的唯一規則，就是永遠保持原樣，不能夠改變任何事物！連微風都要小心翼翼經過的森林嘎嘎比，住著一群嚴格遵守森林規則的居民們，他們敏感又保守。在森林古老的傳統下，過著每天一樣的生活，永遠不做任何改變，終年保持原樣。

而這裡所指的不能改變，
包含一切你所能想像得到的。

residents of
gagabe forest
—

Mr.**S**

_Dr.a.

⑥—n

miss Ⓐ

(**w**)

wandering
bear

Ø30
woody

— kid ③

— kid ②

emile

— toy duck

例 如 ： 終 年 維 持 一 樣 的 造 型 穿 著

   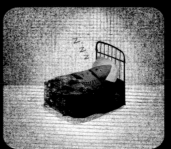

每 天 始 終 如 一 的 行 程

嘎嘎比的居民每天都會拿到一份表格，必須勾選
並且確定清單上所有物件沒有被改變，因為他們
深信，再微小的改變都有可能為森林帶來厄運。
他們的生活就像瑞士錶裡的齒輪，總是一毫不差
地在自己的軌道上運轉；他們的生活平靜得就像
一杯無色無味沒有漣漪的白開水。説到這裡，你
一定能夠想像這一切有多麼枯燥乏味，

但，
不瞞你説，他們有時也會偷偷閃過
一絲念頭⋯⋯

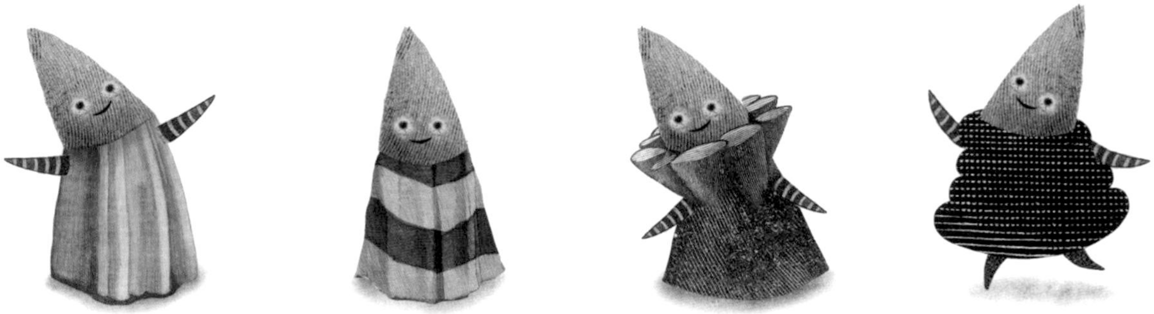

例如：改變一下今天的造型，

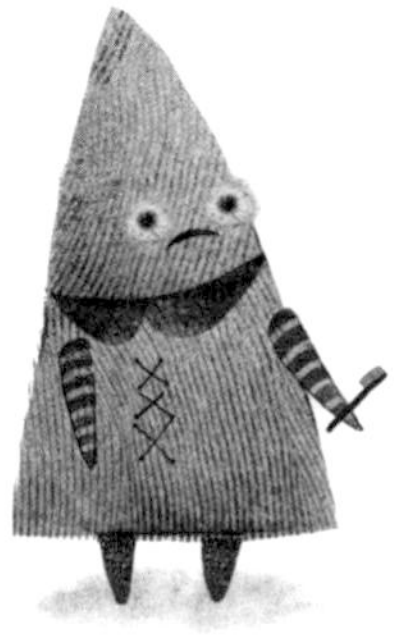

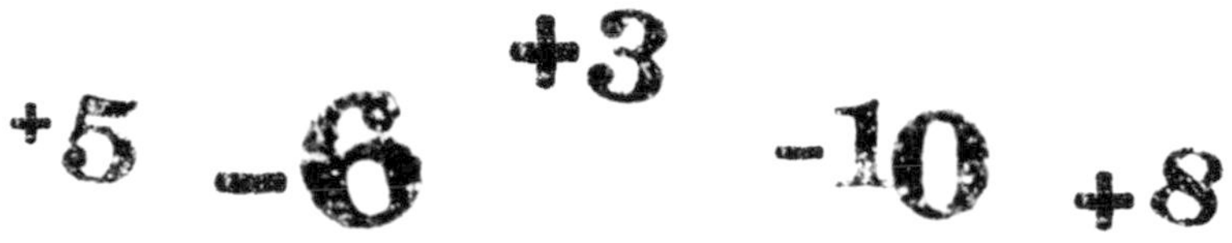

或是刷牙的次數能否減少或增加，

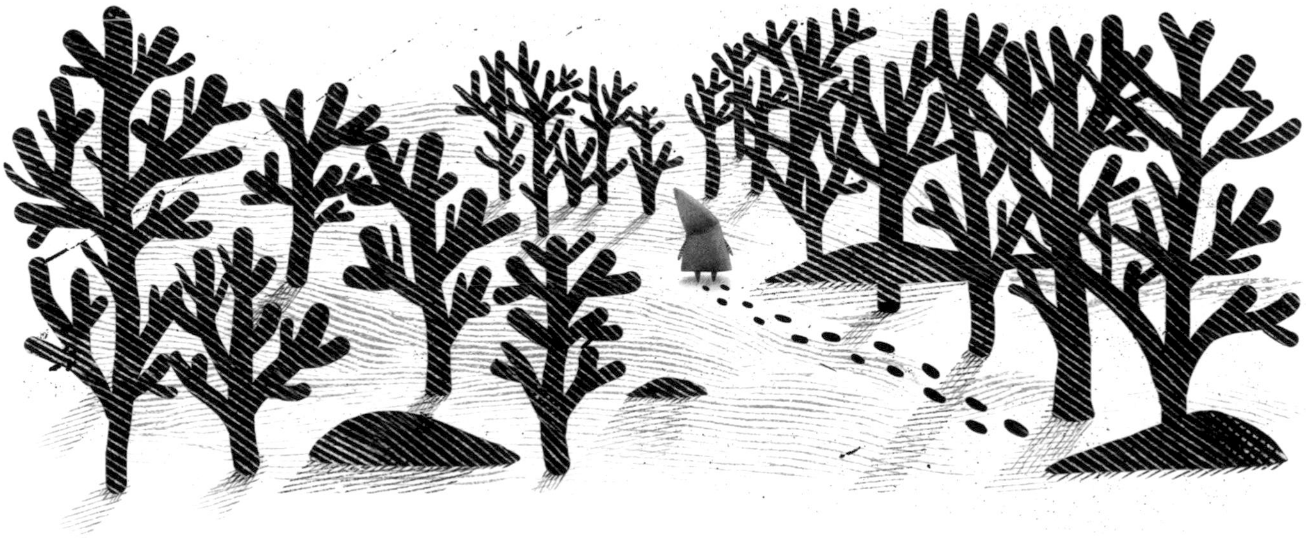

又或是也許能嘗試探索一條新的路徑。

當然他們會很快打消這個
念頭，因為森林裡唯一的
規則就是：

永遠保持原樣，
不做任何改變。

TEAM
_ SIX

第六小隊

為了讓嘎嘎比森林的所有
事物能夠永遠保持一樣，
一個名為第六小隊的社區
偵察隊每天擔任起為森林
把關的重要任務。他們日
復一日地巡邏整片森林，
以確保一旦有任何異狀，
他們就得在最短的時間內
恢復原狀。

About Team Six
— 6

第六小隊成員介紹：

Ⓐ 阿謬：第六小隊的隊長，有著敏銳的洞察力，
再細微的小改變都逃不過他的眼睛。

Ⓑ 艾迪：第六小隊裡最博學多聞的百科全書，
任何疑問都能在他或是他手中的大書裡找到解答。

Ⓒ 斑比：沉默樂手，每當第六小隊出場時，
他會負責奏上磅礡的開場樂。

Ⓓ 畢畢：擔任第六小隊的導航，尤其是在猶如迷宮的
嘎嘎比森林，跟著他永遠不會迷路。

Ⓔ 卡卡：力大無比的毛怪，聽說能舉起比自己體重超
過五十倍重的物體，目前詳細數字還未被證實。

Ⓕ 伊果：來自剛果雨林的雙棲生物，性能絕佳，
是第六小隊最佳的交通工具。

Ch_3

ROUTINE
_ INSPECTION

例行公事

平靜的嘎嘎比森林，肯定不會是個精彩又有趣的故事。不過，就在剛才，一顆悄悄掉落的小束西，即將為森林帶來一場史無前例的災難，更正確地說應該是大麻煩。而我們的故事，將從森林如同以往平靜般的早晨開始……

兔子先生小心翼翼地打上那鮮紅色的絲綢領結，準備趕赴兔子小姐的約，但不難看出兔子先生眼角透露出的一絲哀傷。因為，他如果繼續遵守森林裡的規則，走著相同路徑出門，肯定又無法與兔子小姐見面了。但是，身為嘎嘎比森林的居民，他得遵守這唯一的規則。兔子先生只是希望，今天在森林的某個角落，能不小心發生一點小小的改變，也許就會出現一個不一樣的結局。

當我們正納悶著兔子先生為何如此憂傷的原因時，精神抖擻的第六小隊已經整裝待發，準備前往森林，執行例行公事般的巡邏任務。

他們正等著唯一能啟動伊果走路的誘餌。

很快地，畢畢就帶著新鮮的誘餌到來。接著，第六小隊在開場樂的伴奏下動身出發了。

第六小隊首先來到了幾何樹林，檢查樹木的數量和高度，確保他們沒有任何改變。接著來到毛絨絨草地，檢查是否每個東西都在正確位置上；然後來到森林最高處測量今天的風速。

一切似乎都很正常，**就跟昨日一樣完美**。

但是當阿謬再次朝著望遠鏡內的觀景窗看時，發現了遠方某處的不尋常，
他趕緊下令領航員畢畢朝著北北東20度的地方前進……

當第六小隊來到這個地方時，發現了一塊冒著煙的奇怪石頭，
他們從未看過這種東西。

這個消息很快地傳回了嘎嘎比森林居民耳中，大家議論紛紛。就在即將造成恐慌之際，艾迪在百科全書裡查到了這顆怪石，正確名字應該叫做——星星，一種屬於天空的物體。但他們不明白，為何星星會墜落在嘎嘎比森林？

只是，無論如何，
森林是不允許有任何改變的。

為了平息居民的不安，這個重責大任再次落到第六小隊身上，他們得想辦法把這顆星星送回原來的地方。不過結果似乎都是失敗的，因為天空比他們想像中的還要遙遠……

chapter four

Ch_4

MYSTERIOUS
_ MOUNTAIN

神 祕 的 高 山

傳 說 在 森 林 的 盡 頭 有 座 最
接 近 天 空 的 高 山 ， 也 許 在
那 裡 能 夠 將 星 星 順 利 放 回
天 空 去 ， 第 六 小 隊 天 真 地
想 著 。 可 是 從 未 有 人 去 過
那 裡 ， 那 是 條 沒 人 走 過 的
路 徑 ， 但 為 了 恢 復 森 林 裡
的 平 靜 ， 第 六 小 隊 即 將 展
開 一 場 史 無 前 例 的 探 險 ，
在 斑 比 演 奏 著 猶 如 英 雄 般
的 進 行 曲 下 ， 他 們 動 身 前
往 未 知 的 旅 程 。

第六小隊穿越長滿藤蔓的雨林、經過荒蕪的沙漠與
冷冽的雪地、橫越過一座湖，終於來到了高山下，
一座巨大佇立在湖上的高山，幾乎看不到頂點。
他們一個疊著一個，開始向上攀爬。

霧氣讓他們伸手不見五指，
水氣讓他們的行動更加吃力。

突然，某個分心的隊員一個不小心手滑，
讓整個隊伍陷入了令人緊張的局面……

只可惜卡卡毛怪的舌頭，並不像
貓咪有著粗糙顆粒的舌苔，正當
艾迪一邊在大書裡找尋解救大家
的方法時，已經來不及了。

第六小隊像失速的飛機般，
向下墜落……

大家緊抓著彼此，此時，掉落在
卡卡毛怪手中那顆不安分的石頭
卻突然發起了光，他們不再向下
墜落了。

黑夜裡一道忽明忽滅的光，
帶領著第六小隊緩緩飄浮著，穿過層層雲朵……

chapter five

Ch_5

SECRETS OF
_ THE MOUNTAIN

山 頂 的 祕 密

星星將他們輕輕地放下。
那裡一望無際，只有一間
胡桃色的小木屋。第六小
隊跟隨好奇心走了過去，
推開那扇古老的小木門。
走進木屋後，他們發現，
眼前的景象和想像中完全
不一樣，猶如來到另一個
世界……

首先是畢畢，他發現屋裡的空間比外面大上許多，幾乎看不到天花板；再來是斑比，他發現這裡像個打鐵工廠，充斥著各種敲打聲和齒輪轉動的聲音；然後是艾迪，他看到多到數不清的小矮人，正在解剖著星星；而伊果則想著這些小矮人吃起來的口味如何？

最後是隊長阿謬，他想，這也許是製造星星的工廠？

一個看起來很有禮貌的小矮人走向前招呼他們，並
詳細地向他們介紹了這個地方。因為越來越少人向
夜晚的星空許願，因此，星星一顆顆地消失了。於
是，他們製造了這些機器星星，放回夜空，希望當
迷失的人們仰望天空時，依舊能夠找到星星許願。

阿謬拿出了發光的星星說：「我想我們可能撿到了
一顆你們製造的星星」，小矮人紛紛湊上前，並且
有秩序地順時鐘圍成一圈把星星包圍。他們不停交
頭接耳著，有的人聞了聞它，有的人敲了敲它，
甚至還舔了舔它。突然，其中一隻看起來很有權威
的小矮人走了出來，並說：

「這可是一顆真的星星！」

Moon.

Nutation
Reduction.
Fig. 26.

Fig. 16. Moon.

Fig. 1.
Eccentric

The
Disobedient
Stone

Fig. 4.
Declination

Fig. 60.
Globe.

「當星星落下，代表著那棵帶來希
望和勇氣的樹即將被點亮。而那
裡，才會是星星最後的歸屬。」
小矮人繼續説著。

chapter six

THE DISOBEDIENT
_ STONE

不安分的石頭

第六小隊帶著星星走在回程路上，阿謬回想著小矮人說的話：「這顆星星在宇宙裡日復一日，在一成不變的航道裡繞行著，夜裡卻少了仰望他們的人。於是某天他們鼓起勇氣離開航道，好奇地想經歷一場冒險，闖進未知的路線，探索新的世界。在經歷一場旅程後，他們會回到最後的歸屬，點亮那棵象徵希望的樹，而那將會是最特別的日子。在這個日子裡，沒有任何人會被遺忘，所有人都會收到屬於自己的禮物。不過也許這顆星星並未找到那棵希望的樹，因此墜落在嘎嘎比森林裡。」

第六小隊對於那特別的日子充滿著好奇，艾迪翻開了大書，很快地找到了關於那個日子的故事：在那個特別的日子裡，大家會用美麗又有意義的飾品，裝飾著希望之樹；當星星點亮它時，大家會交換為彼此準備的神祕禮物，然後開心地隨著專屬的樂曲慶祝。

在回程路上，第六小隊的成員們各自做著那奇幻又絢麗的夢，而夢裡都出現了那棵獨一無二，綻放著溫暖光芒的希望樹。

CHRISTMAS

& DRESSING THE CHRISTMAS TREE.

{CHRISTMAS} /krˈIsməs/
CHRIST"MAS\, n. [CHRIST + MASS.]
AN ANNUAL CHURCH FESTIVAL (DECEMBER 25)
AND IN SOME STATES A LEGAL HOLIDAY,
IN MEMORY OF THE BIRTH OF CHRIST,
OFTEN CELEBRATED BY A PARTICULAR
CHURCH SERVICE, AND ALSO BY SPECIAL GIFTS,
GREETINGS, AND HOSPITALITY

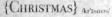
SNOW MAN TOY

{CHRISTMAS TREE}
A SMALL EVERGREEN TREE, SET UP INDOORS,
TO BE DECORATED WITH BONBONS, PRES-
ENTS, ETC., AND ILLUMINATED ON CHRIST-
MAS EVE.

ELK

{ELK}
AN ELK IS A TYPE OF LARGE
DEER. ELKS HAVE BIG, FLAT
HORNS CALLED ANTLERS AND
ARE FOUND IN NORTHERN
EUROPE, ASIA, AND NORTH
AMERICA. SOME BRITISH
SPEAKERS USE ELK TO REFER
TO THE EUROPEAN AND ASIAN

{CHRISTMAS FLOWER}
A SMALL EVERGREEN TREE, SET UP IN-
DOORS, TO BE DECORATED WITH BON-
BONS, PRESENTS, ETC., AND ILLUMINAT-
ED ON CHRISTMAS EVE.

CHRISTMAS ROSE(1)

EUPHORBIA
PULCHERRIMA

{CHRISTMAS BELL}
A HOLLOW DEVICE MADE OF METAL
THAT MAKES A RINGING SOUND
WHEN STRUCK

BELL

{SNOWFLAKE}.
A SNOWFLAKE IS
ONE OF THE SOFT,
WHITE BITS OF
FROZEN WATER
THAT FALL AS

{ASPIDIUM -
ACROSTICHOIDES}
WHICH IS MUCH USED FOR DECO-
RATION IN WINTER.

ASPIDUM
ACROSTICHOIDES

{RIBBON > BOW}
ANY LONG OBJECT RESEMBLING A
THIN LINE / A KNOT WITH TWO
LOOPS AND LOOSE ENDS

BOW

{WREATH}.
TO SURROUND WITH ANYTHING TWISTED
OR CONVOLVED; TO ENCIRCLE; TO INFOLD

DECORATIVE
LEAVES

CHRRISTMAS FERN

WREATH WITH ECHINACEA

{CHRISTMAS
BALL}
BALL ON CHRIST-
MAS DAY.

BALL(L)

BALL(S)

{CHRISTMAS BOX}
A BOX IN WHICH PRESENTS ARE
DEPOSITED AT CHRISTMAS.

PRESENT

{CHRISTMAS CAROL}
A CAROL SUNG AT, OR SUITABLE
FOR, CHRISTMAS.

{CHRISTMAS
STOCKING}
A CHRISTMAS STOCKING IS AN EMPTY SOCK OR SOCK-SHAPED BAG THAT
IS HUNG ON CHRISTMAS EVE SO THAT SANTA CLAUS (OR FATHER
CHRISTMAS) CAN FILL IT WITH SMALL TOYS, CANDY, FRUIT, COINS OR
OTHER SMALL GIFTS WHEN HE ARRIVES. THESE SMALL ITEMS ARE OFTEN
REFERRED TO AS STOCKING STUFFERS OR STOCKING FILLERS.

{CANDLE}
STICK OF
WAX WITH
A WICK IN
THE MIDDLE

THOUSANDS OF CANDLES
WERE BURNING ON ITS
HOPE SOMEING
WHISH SOMEONE
IN THE WONDERFUL DAY

THE CHRISTMAS TREE. Concluded.

Jingle, jingle, jing, jing, jing, Rightmerry we shall be, Yes jingle, jingle, Come Kriss Kringle,
Come with your Christmas

STOCKING

CANDY CANE

Ch_7

THE
_ CHANGE

改變

在嘎嘎比森林裡，所有居民圍著剛歸來的第六小隊，他們看著艾迪大書裡所解釋的特別的日子，而一旁的小隊長阿謬像個說書人般，描述這一趟旅程所發生的事，以及他們遇到小矮人和關於星星的傳說。所有人聽得目不轉睛。

接著阿謬徵求自願者加入，一起幫他完成希望樹，讓星星回到最後的歸屬。也許是因為星星獨自冒險的旅程故事，打動了嘎嘎比居民壓抑在內心的渴望。他們一直以來都不曾有勇氣去接受改變和探索未知，或許這個改變能幫助星星回到旅程的終點。

當 第 一 個 自 願 者 舉 手 加 入 後 ， 其 他 居 民 也 紛
紛 加 入 ， 他 們 再 次 拿 到 表 格 ， 不 過 這 次 的 表
格 跟 以 往 的 不 太 一 樣 。 在 艾 迪 的 帶 領 下 ， 大
家 分 配 到 不 一 樣 的 工 作 ， 有 的 分 類 找 材 料 ，
像 是 漂 流 木 、 櫟 寄 生 或 是 製 作 禮 物 的 包 裝
紙 ， 他 們 第 一 次 必 須 去 找 到 這 些 與 眾 不 同 的
材 料 ， 一 開 始 的 確 有 點 考 倒 他 們 。 不 過 當 他
們 想 起 ， 不 安 分 的 石 頭 並 不 是 第 一 個 意 外 造
訪 嘎 嘎 比 森 林 的 訪 客 ， 在 過 去 也 有 好 幾 次 ，
沒 有 任 何 原 因 就 出 現 在 森 林 裡 的 不 明 物 件 。
那 些 違 禁 品 都 被 堆 放 在 一 處 隱 密 的 地 方 。

他 們 像 挖 寶 般 的 心 情 ， 來 到 這 處 被 遺 忘 已 久
的 地 方 —— 失 落 之 地 。

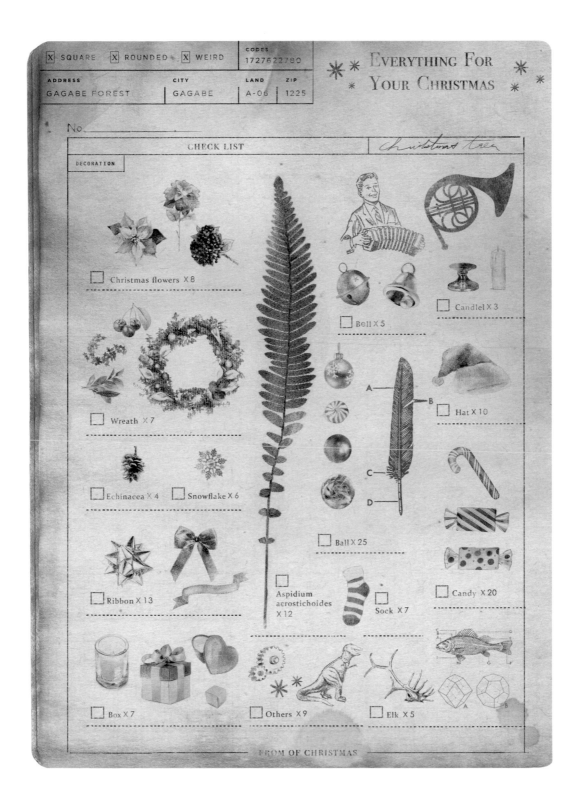

chapter eight

THE
_ GIFT

禮 物

在 失 落 之 地 裡 有 各 種 令 人
意 想 不 到 的 物 件 ， 大 家 分
別 找 著 能 用 來 佈 置 希 望 樹
的 東 西 ， 各 自 拼 湊 出 腦 中
想 像 的 希 望 樹 ， 而 樹 的 形
狀 也 漸 漸 成 型 。 斑 比 帶 著
剛 組 成 的 小 樂 團 ， 演 練 著
在 特 別 日 子 裡 才 會 聽 到 的
神 祕 樂 曲 。

很 快 地 ， 這 天 到 來 了 。

居民們小心翼翼地將星
星放回到樹上……

merry christmas

一盞暖光漸漸亮起，照亮了希
望樹，那些被遺忘在森林裡的
訪客，點綴成一座獨特又華麗
的高塔，彷彿也照亮了內心裡
的陰暗角落，就像星星送給嘎
嘎比森林的禮物；斑比演奏起
彩排已久的樂曲。

有了星星守護的嘎嘎比森林，
在冬日裡悄悄燃起了希望。

他們拿出藏在身後的小盒子，
上面繫著不久前才學會綁的緞帶，
拆著他們人生中第一次收到的禮物，
藏不住期待又興奮的心情。

這天，每個人都得到了同樣的禮物，
在內心的深處，多了個不凡的東西，
叫做「勇氣」。

- THE END -

a gift from
Mr. Rabbit

不安分的石頭 / 安哲圖.文. -- 初版.
-- 臺北市：大塊文化,2015.01
面；　公分. -- (catch；214)
ISBN 978-986-213-572-3(精裝)

855　　　　　　　103025428

安　哲 /
Ahn　　Zhe

視覺藝術家 / 　Visual Artist

作品曾於法國、瑞士、比利時、香港等地展出，並榮獲多項國際大獎肯定。2014年作品《消失的226號　The Vanish no.226》入選美國3x3當代插畫展，並收錄於美國插畫年鑑中；2013年作品《清道夫The Dustman》入圍法國安古蘭國際漫畫節新秀獎，同年作品《禮物The Gift》於歐漫前衛漫畫節瑞士琉森Fumetto榮獲新秀獎首獎；2006年以《奇異國kiwi　country系列》榮獲韓國首爾第十屆國際動畫競賽角色故事設計類第2名，另著有《床底下的夢想》禮物書。

/

w w w . a h n z h e . c o m

不安分的石頭 ___　　　　　　　　catch
The Disobedient Stone　　　　　　2 1 4

圖/文　　　　安哲
美術　　　　　朱美穎
責任編輯　　　湯皓全
法律顧問　　　全理法律事務所董安丹律師
出版者　　　　大塊文化出版股份有限公司
地址　　　　　台北市10550南京東路四段25號11樓
網址　　　　　www.locuspublishing.com
讀者服務專線　0800-006-689
電話　　　　　(02) 87123898
傳真　　　　　(02) 87123897
郵撥帳號　　　18955675
戶名　　　　　大塊文化出版股份有限公司
總經銷　　　　大和書報圖書股份有限公司
地址　　　　　新北市新莊區五工五路2段
電話　　　　　(02) 89902588 (代表號)
傳真　　　　　(02) 22901658
製版　　　　　瑞豐實業股份有限公司
初版一刷　　　2015年1月
初版二刷　　　2015年1月
定價　　　　　新台幣420元